© 2019, Cazal, Albert
Edition : Books on Demand,
12/14 rond-Point des Champs-Elysées, 75008 Paris
Impression : BoD - Books on Demand, Norderstedt, Allemagne
ISBN : 9782322108985
Dépôt légal : avril 2019

L'esprit de l'escalier

ALBERT CAZAL

L'esprit de l'escalier

Souvenirs du Cours Complémentaire
d'Aurillac 1936-1941

Des paroles d'aujourd'hui
sur des images d'hier

Les vieux encriers carrés les plus ordinaires avaient, à côté de leur goulot un peu décentré, une gouttière destinée au repos du porte-plume, comme celle qui existe naturellement dans l'anatomie d'un épicier, entre l'oreille et le crâne. Cela leur donnait un caractère débonnaire, amical même, qui pouvait vous pousser jusqu'à la confidence, si vous aviez le bonheur de garder au fond de votre pupitre un de ces modestes flacons.

Parmi le fouillis intime que chaque collégien finissait par se constituer sous l'abattant incliné, et qu'animait parfois, à la belle saison, un grillon ramené de la promenade, pourquoi garder ainsi prisonnier un encrier du commerce, un encrier « privé », alors que l'administration scolaire, sur l'ensemble du territoire de la Troisième République, veillait à pourvoir les tables des élèves de ces impérissables encriers en porcelaine blanche, encastrés dans les deux trous ronds que nos pupitres, toujours biplaces, comportaient sur la partie horizontale de leur dessus, et qui étaient les yeux du meuble vous regardant de leur pupille noire quand vous rejoigniez votre table comme un ruminant docile rejoint sa place à l'étable ?

À y bien regarder, ces deux espèces d'encriers, le blanc et le noir, le rond et le carré, le public et le secret, se partageaient équitablement mon cœur.

Je ne pouvais nier les charmes de l'encrier républicain. Lorsqu'il donnait des signes de tarissement, c'est-à-dire quand la plume Sergent-Major ramenait une boue bitumineuse agglutinant des débris incertains, on faisait officiellement appel – « Monsieur, j'ai plus d'encre » – à la bouteille nourricière qui dormait derrière le tableau noir, entre la boîte à craie et le compas de bois.

Ce pouvait être un ravitaillement en vol, l'élève avançant l'encrier aussi précautionneusement incliné que la bouteille l'était par son servant, ou bien une manœuvre beaucoup plus audacieuse que seul aurait pu réussir sans bavure un fils de cafetier habitué à servir dans le verre des clients l'exacte ration de pastis – mais malheureusement cette honorable catégorie socio-professionnelle n'envoyait pas alors ses enfants dans des établissements « primaires supérieurs » comme le nôtre. Le tour de main, dans ce cas, consistait à renverser la bouteille à la verticale sur l'encrier demeuré en place, mais avec brutalité et décision, d'où des accidents divers qui animaient l'étude et qui ont imprégné ma mémoire du glougloutement sauvage du bec verseur et de la puissante odeur organique de l'encre fraîche.

D'autre part, l'encrier de porcelaine encastré dans un trou de la table faisait corps avec elle, s'enracinait dans la structure scolaire à travers le bois de ce meuble administratif, comme nous le faisions nous-mêmes, étroitement insérés entre banc et pupitre, lesquels formaient un seul bloc. Ainsi s'établissait entre les deux garçons affectés à la même table cette fraternité que doivent ressentir entre eux les bœufs attelés ensemble par le destin, et à laquelle se mêlent sans doute à l'égard du joug familier une part de haine et une part d'amitié.

La haine aurait pris toute la place de l'amitié, si j'avais été condamné à ne tremper ma plume que dans l'honnête encrier scolaire, aussi gai fût-il à ses heures. Et comme, en ces temps-là, n'existait pas le crayon à bille, et que, d'autre part, le stylo, appelé encore pesamment « porte-plume-réservoir », était un instrument à la fois trop luxueux et trop grossier, interdit en classe par purisme calligraphique et par égalitarisme républicain, je n'avais qu'une solution pour disposer d'une source d'encre bien à moi, c'était de posséder un encrier intime à l'intérieur de mon pupitre.

C'est une des premières choses que j'inscrivis sur le « carnet de fournitures » personnel que nous attribuait l'établissement, et qui nous permettait de commander à un commerçant de la ville des articles de papeterie que les parents payaient en fin de trimestre. Les commandes étaient visées par le Directeur afin que les jeunes pensionnaires, enivrés par un pouvoir décisionnaire nouveau, ne crussent pas qu'ils étaient devant une lettre hebdomadaire au Père Noël, dans laquelle pouvaient figurer ces mille petits cadeaux que l'on peut se faire à soi-même quand on parcourt les rayonnages d'une papeterie, comme je le fais encore parfois, en proie à cette même tentation enfantine. Par auto-censure, nous étions ainsi amenés à écarter les boîtes mégalomaniaques de soixante-douze crayons de couleur, les somptueux écrins de compas, ou les stylos à plume rétractable, raffinement qui alors faisait fureur. Mais si les objets convoités ne consistaient qu'en jeux de plumes complets pour écriture « ronde », pinceaux à deux têtes, ou règles plates en poirier garanti, le Directeur donnait son autorisation avec une bien-veillance complice, et j'avais acquis, dans le cadre de ces accords tacites, le flacon d'encre noire de haute qualité maintenant rangé à portée de ma main.

Le mot de « fournitures » m'a toujours paru poussiéreux et allergogène. Mais celles que nous nous procurions par ce canal avaient au contraire un parfum particulier que l'on pourrait baptiser « odeur de jeudi », par le simple fait qu'elles nous étaient livrées au cours de l'étude du jeudi soir, alors que nous avions encore dans les jambes la fatigue de la longue promenade, et sur les joues un reste d'air frais.

Cette odeur de jeudi ne m'est perceptible qu'aujourd'hui, trois mille jeudis plus tard, parfum abstrait que j'invente (au sens d'inventer un trésor) et que j'explore du bout de ma plume, après l'avoir trempée dans le vieil encrier de 1937. Les senteurs plus matérielles, comme les épais fumets culinaires qui envahissaient le pensionnat selon le jour de la semaine, me submergeaient dans l'instant, mais s'effaçaient aussitôt de mon souvenir. Ma mémoire abstrait, plus qu'elle n'extrait. La plume est un scalpel cérébral à l'aide duquel je dénude les fibres profondes de mon passé qui, sans l'écriture, n'auraient pas accédé à l'existence et seraient restées enfouies, comme les formes secrètes au cœur de la pierre brute, avant qu'on ne la sculpte.

« L'esprit de l'escalier » consiste à trouver ce qu'il aurait fallu dire, mais seulement après avoir laissé échapper le moment opportun pour le dire. On referme la porte, on descend les marches, on se frappe le front, qui est une autre porte, celle à laquelle précisément je suis en train de sonner aujourd'hui, en parcourant de haut en bas, et de bas en haut, les escaliers de la mémoire. Je me sens toujours mieux entre les étages que dans les stages. Plus aisément qu'à huis-clos, mon discours intérieur s'écoule au rythme de ce va-et-vient vertical, pour lequel le français ne possède pas de mot, mais que l'occitan nomme « *la monta-devala* » (le monte-descend).

Mes rêves sont peuplés d'escaliers, que j'identifie avec plaisir comme étant tout à la fois ceux de l'École Normale Supérieure de Saint-Cloud, du Lycée Émile-Duclaux (aujourd'hui « Henri-Mondor » ?), et du Cours Complémentaire de la Rue de Lacoste, mais qui constituent, en fait, une structure abstraite et vide servant de théâtre à mes fantasmes, telle la série des « Prisons » gravée par Piranèse. Ne me cherchez pas trop sur le seuil de ce chapitre : presque toujours le concierge que je suis « est dans l'escalier », comme le dit l'écriteau liminaire.

Le porche du Cours Complémentaire donnait accès à un hall obscur. Une fois refermé le lourd battant, les yeux cherchaient la lumière du côté du large escalier qui s'élevait en face jusqu'à un premier palier à la surface plus claire, puis conduisait à un second palier qui traversait une zone d'ombre pour déboucher sur un rectangle ensoleillé : la porte ouverte sur les cours. Le regard se reposait un moment pour s'habituer au contraste, comme à la sortie d'un tunnel, et découvrait dans cet encadrement un nouvel escalier, situé, lui, en plein air, plus étroit, plus raide, en haut duquel ne figurait peut-être pas cette tache de ciel bleu, que je pose ici délibérément parce qu'elle est nécessaire à ma perspective, et donc plus vraie que la vérité.

Cette échappée lumineuse était en fait la petite cour des chiottes.

À partir de cette dernière on pouvait soit, en suivant l'axe que j'ai choisi, monter par quelques marches à la grande cour de récréation, ouverte sur le ciel et les jardinets citadins, soit accéder à droite au petit perron d'une des salles de classe, soit encore descendre de ce même côté vers une autre cour nous ramenant presque au niveau de la rue.

Afin de compléter ne serait-ce que sommairement l'échafaudage mental qui sert de structure à ma mémoire entre 1937 et 1941, il faut que je revienne au premier palier de l'escalier principal, à gauche duquel partait une seconde volée. Elle conduisait à un étage occupé par les autres salles de classe et le bureau. Ensuite, l'escalier se répétait, en bois cette fois, pour monter, en face, vers les dortoirs, ou bien, à gauche, desservir les appartements directoriaux.

Quand le besoin s'en fera sentir, je poursuivrai le détail de ces ramifications spatiales, qui ne sont au fond qu'un guide d'auto-exploration, mais je vais d'abord dans la cour supérieure, pour y gonfler mes poumons avant la plongée.

Cet endroit tiendra lieu de haute terrasse dans le château que l'on aime se donner à quatorze ans, et cela en dépit de la médiocrité que lui conféraient sans doute le préau traditionnel, dans un angle, le marronnier solitaire, et les légumes flétris derrière le grillage du fond. C'est là que l'on jouissait du champ de vision le plus large sur le ciel, malgré les limites qui auraient dû sembler mesquines à un enfant élevé à la campagne, mais dont je savais parfaitement faire abstraction.

Pendant les nuits claires, surtout en se couchant sur le dos, on y disposait d'un panorama étoilé suffisant pour accéder à l'extase métaphysique pascalienne que ressentent presque tous les adolescents.

Je ne connais rien de plus silencieux qu'une cour dite « de récréation » aux bonnes heures, c'est-à-dire en dehors des récréations. Si vous y passez un moment pendant les vacances, c'est un silence fascinant, au second degré. Enfin, si vous avez la curiosité de visiter la cour d'une école définitivement désaffectée, vous ferez l'expérience du troisième degré, qui s'avère un peu déprimante pour les nostalgiques hantés par les cris et les jeux évanouis, mais ravira toujours les fanatiques du silence et de la solitude.

Aux heures réglementaires, et surtout quand le froid de l'hiver cantalien rendait obligatoire une activité physique fébrile, la cour était parcourue de courants humains hallucinants. Les collégiens, n'ayant pas le temps et n'ayant plus le goût d'organiser les jeux de poursuite qui amusent les petites classes, marchaient au pas de charge de long en large, par petits groupes, la blouse claquant au vent, et ils croisaient et recroisaient comme dans la bourrée auvergnate le groupe des professeurs congestionnés qui, tête baissée, tenaient d'une main leur chapeau et de l'autre la cigarette trop vite consumée.

Mais, aux premières nuits tièdes du printemps, comment aurais-je pu résister à l'impulsion qui me faisait quitter furtivement le dortoir pour aller m'étendre face au ciel sur le gravillon inégal de la cour, et me laisser absorber par les étoiles comme par un buvard ?

Lorsque je commentais à mes élèves – seulement dix ans plus tard, après tout ! – le sonnet d'Unamuno « *Tú me levantas, tierra de Castilla / en la rugosa palma de tu mano / al cielo, tu amo,* etc. », je sentais encore dans mon dos, parce qu'on explique aussi avec la peau, la rugosité de la cour de récréation. Elle se superposait alors de très près, comme un calque, à une autre rugosité tellurique, celle du bel affleurement granitique que l'on appelle, à Marcolès, « le Rocher du Diable », dont la surface bombée est parcourue de lignes et de signes comme la paume de la main, et sur lequel je me suis souvent étendu pour embrasser d'un regard la rotondité du ciel. L'expérience de la cour du Cours complémentaire et celle du Rocher du Diable ont beau être contemporaines, appartenir disons à la même ère de l'adolescence, je ne les ai jamais liées entre elles à l'époque où je les vivais. Il m'a fallu du recul, et sans doute aussi l'aide passagère du télescope unamunien, pour bien percevoir leur évidente relation.

Mais cette même cour est le lieu d'une autre expérience qui reste pour moi à l'état de vestige isolé : c'est là que je me suis battu un jour, véritablement à la face du ciel, avec Roger C.

Ce bon camarade, pur produit de notre Châtaigneraie comme le proclamait son titre de « fils du maire de Lapeyrugue », partageait avec moi une passion galopante pour les romans d'Alexandre Dumas. Cela situe donc cet épisode avant la période pendant laquelle je m'abîmai dans les œuvres complètes d'Edmond Rostand, nouveau périple où ne me suivit plus le fils du maire de Lapeyrugue. Pendant le règne des Mousquetaires, donc, Roger C. fut possédé par un merveilleux enthousiasme, qui lui faisait distribuer des estocades symboliques à l'adresse de ses camarades ou dans le dos des professeurs, ou même, en ville, au coin des rues, quand il me faisait constater que nous étions bel et bien guettés par « les hommes du Cardinal ».

Dans ces conditions, le combat qui nous opposa dans la cour solitaire aurait dû s'apparenter à un duel dans les formes. Il ne fut hélas qu'une raclée, et qui plus est une raclée infligée par moi le pacifique à lui le belliqueux, ce qui nous remplit sur le champ du même étonnement tous les deux.

La cause de la querelle, à coup sûr futile, m'échappe toujours. Son cadre, en revanche, a résisté à l'érosion avec une solidité hercynienne. C'est lui qui importe. À l'époque où je cherchais sur ce modeste haut lieu la confrontation nocturne avec le cosmos, j'y situais aussi l'affrontement diurne avec l'Autre. Solitude et altérité, sœurs jumelles dont nous accouchons tous un jour ou l'autre avec ou sans l'aide des maïeutiques traditionnelles, sont nées pour moi dans ces années-là, peut-être même à cet endroit précis, plutôt réservé à ces règlements de compte scolaires que l'on annonce en murmurant entre les dents : « T'var ta gueule à la récré ! »

Cette cour est devenue pour moi le théâtre vide où je convoque aujourd'hui tous ceux que je n'étais pas alors en mesure d'appeler à l'aide, Unamuno et Cyrano, le gentil Souchon (auteur de la chanson « J'ai dix ans » dont je viens de citer un vers) et d'Artagnan, Socrate, Bon Dieu ! et pourquoi pas Jacob et son ange bagarreur. Ohé tous ! À moi la Légion ! Motus en classe, mais tout est permis dans la cour et dans l'escalier.

La cour inférieure, plutôt serrée entre des édifices, n'avait pas les mêmes fonctions que la première, dans la vie scolaire. Elle devait sans doute être réservée aux internes, car les souvenirs qui m'en restent se rapportent tous à des moments qui suivaient les repas, ou bien à certaines heures du jeudi et du dimanche.

On y trouvait, en période de préparation intensive des examens, des ombres assez tranquilles pour y étudier avec une passion naïve l'*Anatomie et physiologie végétales et animales* de Boulet et Obré.

Mais avant tout, c'est sur cette cour que donnait la « salle de jeu », local vide, qui, en fait, abritait les pensionnaires par mauvais temps plutôt qu'il ne leur fournissait des distractions. D'où cette ineffaçable odeur de chien mouillé que j'associe encore au terme de « salle de jeu ».

Je me demande aujourd'hui à quelles activités nous nous y livrions, question qui reste sans réponse et que j'abandonne aussitôt pour constater avec évidence que j'ai d'abord pensé « ils se livraient », et non « nous nous livrions ». Point de certitude donc sur le contenu des jeux en salle, pourtant sans mystère, où les cartes devaient tenir une grande place, mais certitude quant à ma position d'exclu du jeu. Je ne dis pas rejeté. En somme, je restais sur la touche, comme ils disaient. De cette position, je ne tirais pas un sentiment de frustration. Elle me donnait plutôt la satisfaction de me trouver au poste privilégié d'observateur, que j'ai toujours affectionné.

L'adolescent qui ainsi s'exclut secrète souvent une couche protectrice d'orgueil qui devient vite puante. Je pense m'en être correctement décrassé à mesure qu'elle se formait, grâce à une hygiène naturelle consistant à toujours me dire que la position d'exclusion volontaire n'est ni un malheur ni un privilège, mais une technique auto-générée par le groupe pour qu'il puisse se regarder lui-même. Sous cette perspective, je découvre aujourd'hui sans ironie la relation qui existe probablement entre la fonction de photographe de groupe, que me confiaient alors volontiers mes camarades, et celle d'inspecteur de l'enseignement, dans l'exercice de laquelle j'ai terminé ma carrière.

Dans le groupe, je suis souvent interne externé. Je ne me joignais pas à ceux de mes camarades qui dansaient dans la salle de jeu, mais j'aimais bien, de l'extérieur en général, regarder « Le Mazio » qui les entraînait au son de l'harmonica. Il se plaçait sur le pas de la porte, où il pouvait respirer plus amplement qu'au milieu de la cohue poussiéreuse. Cette position lui permettait en outre d'exercer d'un œil sa fonction de surveillant, et de guetter de l'autre l'arrivée toujours possible du directeur de l'internat, qui aurait pu troubler la fête.

Mazières, que nous appelions « Le Màzio » (avec l'accent tonique sur la première syllabe) était un de ces élèves ou anciens élèves de dernière année que l'administration recrutait pour surveiller les pensionnaires. Entre autres talents, il savait jouer de l'harmonica chromatique, ou mimer un automate, ce qui lui servait à nous amuser et le revêtait d'un prestige certain, assez bien reflété par ce surnom à consonance de music-hall.

Sur le rectangle sombre de la porte, Le Mazio se détachait en clair malgré la blouse noire dont il était vêtu comme nous. Il soufflait dans le minuscule instrument caché au creux de ses mains et enfoncé entre ses mâchoires distendues. Cela le forçait à un rictus professionnel, qu'il retrouvait parfois en l'absence d'harmonica quand ses propos devenaient sarcastiques.

Pour moi, réfugié dans la cour, l'homme qui, sur le seuil, fait danser les autres éclipse les danseurs noyés dans la pénombre. Je me trouve peut-être pour la première fois consciemment à l'un des sommets de ce triangle ontologique : moi – l'Autre – les autres, qui m'a souvent servi à m'articuler sur le monde. Les danseurs de l'ombre, indéterminés, sont tout à leur joie simple de ressasser les valses et les slows en vogue dans les bals d'avant-guerre. Le musicien émerge, à la fois complaisant et dominateur, appuyant les effets attendus, et distribuant ses regards ironiques et sûrs entre le moutonnement des têtes dansantes et le paisible spectateur extérieur que je suis.

Mais suis-je vraiment dehors ? Je m'identifiais avec aisance aux uns et à l'autre. Ma culture musicale était la même que la leur : nous appartenions tous à une catégorie sociale qui connaissait la musique sous la seule forme des « airs », dansés, joués, ou écoutés dans les bals. Il aurait été saugrenu pour nous de qualifier ces bals de « populaires », car nous n'en connaissions pas d'autres. Nous répondions naïvement à l'appel que nous adressaient les marchands de chansons sur les marchés, avec leurs éditions comportant souvent – exquise attention – une « version pour homme » et une « version pour femme », ou encore les flonflons des bals du samedi soir, supprimés quand vint la guerre, mais symboles toujours, pour les pensionnaires, de la liberté adulte, ou même le professeur de musique qui nous faisait chanter en chœur « Sombreros et mantilles » ou des adaptations du « Danube Bleu ». Successivement, et en toute sympathie, j'épousais la perspective des heureux danseurs et de l'heureux meneur de jeu, persuadé que, par voie réciproque, les uns et les autres me sentaient aussi à l'unisson avec eux, frères que nous étions en la communauté de Saint Vincent Scotto.

La cour du haut était proprement cour de récréation par rapport aux salles de classe, c'est-à-dire un espace pour se dégourdir les jambes et vider les querelles. La cour du bas, par rapport à la salle de récréation qu'était la salle de jeu, acquérait pour moi un statut différent, celui de zone refuge, propre aussi bien à l'étude qu'à l'auto-observation.

Les deux cours se complètent et s'équilibrent dans la construction de ma conscience, qui n'a jamais fait appel au banal sentimentalisme dont on affuble à plaisir les pauvres petits pensionnaires emprisonnés dans les noirs collèges. En haut, je trouvais un dialogue familier avec l'univers, mais aussi les échanges de violence affectueuse qui nous lient aux autres. En bas, je faisais l'expérience que le groupe, par scissiparité, génère en son sein des animateurs pour mieux vivre et des observateurs pour se regarder vivre, lesquels, tout séparés qu'ils soient de lui par la fonction, conservent au fond de leur être les mêmes inscriptions culturelles. Orion et horions dans la cour du haut, caryocinèse et cinéma dans la cour du bas.

Bien que la salle de jeu fût dépourvue de jeux, elle conservait dans un coin les restes d'une de ces machines à jouer que l'on a perfectionnées depuis pour inonder les salles récréatives destinées aux adolescents. C'était, en petit format, l'ancêtre élémentaire du flipper. Elle ne marchait plus et perdait ses boiseries, mais conservait une belle plaque de verre si épaisse qu'elle avait résisté à tous les mauvais traitements. Rien en cet objet n'avait attiré mon attention, jusqu'à ce que des circonstances extraordinaires ne me le fissent voir sous un autre jour.

Cela arriva pendant les grandes vacances. Depuis quelques temps, je prenais goût aux promenades à bicyclette autour de Marcolès. Nous n'avions pas, mon frère et moi, de vélo personnel, bien sûr, mais nous disposions à tour de rôle de celui de notre père, en dehors des heures du service postal. Un dimanche d'août, je profitai de la beauté de l'après-midi pour pousser une reconnaissance jusqu'à Aurillac. L'exploit m'exalta, non pas à cause de la modeste performance sportive que constituait un parcours de soixante kilomètres, mais parce que, pour la première fois, je me rendais au chef-lieu par mes propres moyens.

J'entrai en ville sans y croire, tellement c'était facile. Je fis un tour de square pour marquer ma prise de possession, puis, de là, mû par une irrésistible attraction, j'empruntai la rue familière qui conduisait vers le Cours Complémentaire (que nous appelions « C.C. »). C'était une rue à sens unique, nuance qui m'échappait du fait que je n'avais qu'une pratique pédestre de la ville. Vers le milieu de la rue, que je parcourais très lentement pour savourer ma victoire, je reconnus un petit homme à moustache blanche qui me fit un signe en souriant, me prit par le bras, regarda à droite et à gauche, et me chuchota en confidence à l'oreille : « Tu es en sens interdit. » C'était le bon cousin Nugou, agent de ville de son état, en civil ce jour-là, et discrètement affectueux comme toujours, qui me faisait ainsi mettre pied à terre.

En règle avec la loi, j'allai tout droit au C.C. Le porche était pacifiquement ouvert, à ma grande surprise, car je me figurais qu'un établissement scolaire restait, au pied de la lettre, fermé pendant les vacances. Le vestibule désert laissait même apercevoir un signe de vie intime qui me déconcerta au point que je n'osai pas pénétrer : suspendu tout seul aux patères vides, un maillot de bain encore humide s'égouttait sur le ciment.

Mais j'eus l'audace de passer par une petite porte voisine qui donnait accès à la cour du bas en longeant le local dit « de la pisciculture », une espèce de sous-sol toujours bruissant de ruissellements frais.

Il existait une connivence que je ressentis alors comme un envoûtement un peu inquiétant, mais que je savoure aujourd'hui davantage, entre ces deux saluts que m'adressaient, à la porte et à la fausse-porte de la forteresse scolaire, l'eau du maillot mouillé par la baignade, et l'eau des bacs à alevins où nageait peut-être la truite future de mes prochaines vacances.

Dans la cour morte, la porte de la salle de jeu béait. Pour moi arrivait la dernière phase du processus de fascination qui m'avait fait choisir Aurillac comme but de ma sortie, puis prendre l'itinéraire conduisant au C.C. J'avais tourné le dos aux délices ordinaires du mois d'août pour venir flairer la niche studieuse où, depuis plusieurs années, je passais les trois quarts de mon temps, et dans laquelle me poursuivaient en souriant, comme on vient de le voir, les petits signes amicaux de la baignade et de la pêche.

Je n'avais pas l'audace, ni à vrai dire le goût, de tenter une visite clandestine à ma salle de classe, mais la salle de jeu ouverte m'invitait. Elle dormait sous les trois couches de silence que déposaient les vacances, le dimanche, et la chaude après-midi.

Une seule présence la remplissait : celle du vieux machin à jouer. Je m'approchai. Je me penchai sur la plaque de verre aux bords maintenant dégarnis qui me refléta à contre-jour. Elle pouvait facilement se détacher si on la soulevait par les deux angles de sa largeur, qui étaient arrondis et bien émoussés. Je la mis un instant en position verticale et la recouchai. C'est à ce moment-là sans doute que naquit en moi le projet de la récupérer pour mon usage, opération que je menai à bien deux mois plus tard en cachant l'objet convoité dans ma valise, un samedi de « sortie générale ».

Ce qui m'inspira, ce fut sans doute cette ferveur récupératrice qui m'a si souvent fait conserver des vieilleries, et que j'ai admirée dans mon enfance chez les gitans à la recherche de baleines de parapluie – matériau à usage multiple – sur les dépôts d'ordure et, plus tard, chez Picasso faisant la tournée des poubelles pour trouver la rondelle de fer-blanc qu'il mettrait sous la queue de sa chèvre en guise de sexe.

Des alibis faciles excusent ce comportement toujours un peu honteux : on l'impute le plus souvent à l'esprit d'épargne, à l'ingéniosité bricoleuse, voire à l'alchimie de l'art, explications qui en appellent toutes à une volonté individuelle flatteuse pour nous, soit que nous appartenions à la catégorie presque animale des thésaurisateurs, soit à celle des modestes raccommodeurs et réparateurs de toute sorte, soit à celle où l'on prise naïvement le titre de « créateur ». Mais, pour ma part, je vois là chez les uns et les autres, à divers niveaux, une façon de participer à la décomposition et à la reconstitution permanentes que subissent les choses, et que d'ailleurs nous subissons nous-mêmes en tant que choses. Nous redistribuons les fragments d'objets éclatés qui parsèment notre champ de bataille, et ensuite nous trouvons une sorte de paix à intituler notre nouvel ordre richesse, travail, œuvre.

J'ignorais le parti que je tirerais de la belle plaque de verre qui désormais serait « mienne », mais je constate, en compulsant aujourd'hui mes souvenirs, qu'elle reposa un certain temps sur la table qui, à Marcolès, me servait de bureau, comme si j'avais voulu à cette époque garder sous les coudes la présence asservie du jeu de société pendant mon travail, mais d'un jeu vitrifié, glacé, glacial même. Par la suite, je perds sa trace, mais je n'en suis que plus heureux quand j'imagine cet objet sans grâce, cet objet réduit à une couche de matière « biologiquement non dégradable » en train de croiser dans son itinéraire d'autre vies que la mienne, ou même d'ensemencer, s'il a volé en éclats, l'inépuisable trésor des décharges publiques.

Cette intrusion dans le sanctuaire primaire supérieur que j'opérai au cours de ces vacances m'apparaît aujourd'hui chargée d'autres significations, dont je n'étais alors que le porteur aveugle.

La belle glace, si je ne l'ai pas ramenée de ma première grande chevauchée cycliste comme un butin, parce que trop difficile à emporter, je l'ai enlevée, ravie, volée serait plus juste, en deux temps : une phase d'inspiration, et deux mois plus tard, l'exécution. Larcin non prémédité d'abord, puisque je n'y pensais pas quand je fis mon incursion et décidai de m'en emparer (comme Rinconete qui, repérant au hasard d'une rencontre le beau mouchoir brodé, *lo marcó por suyo*). Mais larcin très médité au niveau du passage à l'acte, car il exigea que je choisisse un moment où la salle, la cour et l'escalier étaient déserts, que j'emmaillote l'objet dans un chandail, que je le transporte au vestiaire, sous les toits, et que je l'y enferme dans ma valise en attendant la sortie du samedi.

Qu'étais-je venu chercher au beau milieu des vacances dans le C.C. endormi ? Je ne pouvais pas le savoir alors, et ne me posai même cette question que de nombreuses années après, quand je pris l'habitude de conduire ma vie en jetant des coups d'œil sur le rétroviseur.

Sans doute accomplissais-je une manœuvre de désacralisation visant l'*Alma Mater* des pauvres, dans laquelle je m'introduisais à contretemps, un dimanche d'août, et même à contresens comme le prouve l'épisode circulatoire du début. Il m'en est resté un goût de joyeux sacrilège, semblable peut-être à celui que ressentiront, une fois adultes, ces jeunes vandales du cours moyen qui, eux, vont jusqu'à saccager leur école un samedi soir et parfois à la brûler, moins inoffensifs que moi, mais portés par les mêmes pulsions transgressives.

Quant à l'objet lui-même, il s'intègre aujourd'hui au temps de mes délirantes mythologies personnelles. Au fond de ce temple assoupi sous la lourdeur de l'été, luit un tabernacle, mihrab au sein de la mosquée. Mais alors qu'à l'intérieur du mihrab il n'y a rien, au fond de la salle de jeu – tabernacle, *tabernaculum*, petite *taberna* bruyante, momentanément désaffectée – veille la porte de verre que je vais emporter comme Almanzor emporta les portes de la cathédrale. Dans certains temples japonais, m'a-t-on dit, le curieux qui pénètre jusqu'à l'ultime secret du saint des saints ne trouve qu'un miroir qui lui renvoie ironiquement son image. Mon miroir à moi est sans tain, et ne m'offre que sa transparence portative.

Le matin où j'écris ces lignes, à Montluçon, je constate que la glace de notre ascenseur vient de disparaître, comme pour me confirmer que le dialogue entre l'homme et le miroir se poursuit, nourri par les motivations les plus variées : nécessité économique, narcissisme, ou syndrome de la pie voleuse. Ici fraternisent, comme ils le font sous l'œil imperturbable et niveleur de Vélasquez, le chenapan contemporain, le héros mythologique et la nature morte de tous les jours.

Étrange temps de l'écriture, par lequel je m'octroie le privilège de partir aujourd'hui, noir sur blanc, à la recherche de la salle de jeu, pour revenir cinquante ans en arrière, et pour faire ensuite des détours par les faits divers de ma vie de retraité ou à travers les champs limités de ma culture professionnelle, vagabondant d'une époque à l'autre, avec un seul repère dans l'ombre : l'ostensoir du Moi. Montage à l'envers, montage à l'endroit, c'est le tricotage facile de l'écriture autobiographique.

Mais si je me place en esprit à un point de passage quotidien, comme le bas du grand escalier, mes souvenirs défilent d'une autre manière, qui se rapprocherait plutôt du montage en boucle tel qu'il se manifeste dans cette séquence documentaire répétitive de *Mourir à Madrid*, où l'on voit sur les marches de l'Hôtel Matignon passer inlassablement, en accéléré, les ministres successifs de la Troisième République, avec les mêmes barbiches, les mêmes gestes saccadés, les mêmes coups de chapeau affairés.

Le bas du grand escalier était non seulement le passage obligé pour entrer et sortir, mouvement que je me repasse aujourd'hui en accéléré, mais aussi un lieu de stationnement où nous formions les rangs au moins quatre fois par jour, pour aller prendre nos repas au réfectoire ou goûter dans l'espèce de cave affectée au rangement de nos boîtes à provisions.

Aux moments d'affluence, les pensionnaires s'entassaient bruyamment à cet endroit de l'escalier, en présence d'un surveillant qui, à l'heure officielle, ouvrait à la meute affamée la porte qui conduisait au réfectoire ou celle qui donnait accès aux provisions personnelles.

Cette dernière était basse, ce qui laissait une impression de descente au sous-sol, quand nous nous courbions pour y passer. Les caisses à provisions cadenassées reposaient sur les étagères d'une première salle voûtée qu'éclairait un soupirail défendu par des barreaux. Une seconde salle communiquait avec elle, semblable d'apparence, mais d'odeur différente, car elle était réservée à l'entretien des chaussures. D'un côté stagnait donc l'arôme du saucisson, et de l'autre celui du cirage. Entre les deux pièces, sous l'arc en demi-cercle, existait un point précis où l'on sentait en même temps et distinctement ces deux composantes, raffine-ment olfactif semblable à celui que nous ferait découvrir bien des années plus tard, dans le domaine de l'audition, l'écoute stéréo.

Cette sorte de double crypte jouissait, comme par luxe réduplicatif, de deux appellations : le « Tournoir » et le « Trou noir ». La première était la plus commune et la plus mystérieuse. La seconde, marquée par une naïve recherche étymologique, revenait dans les moments de tristesse ordinaire jalonnant notre vie de pensionnaires, comme, par exemple, la rentrée après une « sortie générale », le dimanche soir, avec de lourdes valises dans les mains, grelottant dans le crachin glacé qui nous accompagnait de l'autobus à l'établissement.

Mais, en général, nous pénétrions dans le « Tournoir » avec cette sorte de joie viscérale qui vous imprègne lorsque vous régressez symboliquement dans le ventre maternel. D'un côté, les boîtes regorgeaient de provisions renouvelées les jours de visite par les mères couveuses, de l'autre, les souliers de sortie attendaient avec une muette réprobation le coup de cirage qu'elles avaient prescrit.

Le bas du grand escalier était à l'intersection de deux axes : l'axe entrée / sortie, constitutif de l'espace scolaire traditionnel, et l'axe nourricier propre à l'usage des élèves internes, axe sur lequel s'équilibraient le tournoir, d'une part et, de l'autre, le réfectoire. On n'accédait pas à ce dernier directement, mais par un couloir ou une courette (ma mémoire hésite) qui donnait aussi sur la porte des cuisines.

Dans nos villages, nous étions habitués au système d'habitation bien connu qui confère à la cuisine le statut de pièce commune. C'est le lieu où la mère prépare les repas, mais aussi celui où l'on s'attable pour les prendre, pour accueillir les voisines en visite, pour débattre des questions graves entre adultes pendant que les enfants dans un coin font les devoirs, étudient les leçons ou jouent sans bruit, et c'est surtout le lieu du feu, la seule pièce chauffée, où l'on reste le soir en hiver le plus longtemps possible avant de rejoindre les chambres glacées.

Les jeunes pensionnaires découvraient à leur arrivée que la cuisine pouvait être un local hautement spécialisé, qui leur était interdit, et qui jouissait d'ailleurs d'un pluriel distingué, « les cuisines », évitant toute confusion avec la pièce-mère des maisons familiales, dont ils venaient d'être sevrés.

Sur le plan des installations techniques (je le suppose, car je ne me souviens pas d'avoir approché les fourneaux), ces cuisines devaient être modestes, mais elles jouissaient d'une solide réputation auprès des parents toujours inquiets du bien manger de leur progéniture. Pour les élèves, elles possédaient un attrait moins nutritionnel, fondé sur le fait que le personnel était féminin, et que c'était, d'autre part, le seul lieu de l'établissement où l'on pouvait se procurer de l'eau chaude.

L'aide-cuisinière avait la peau grise toute grêlée de petite vérole, charme qui soulevait un peu le cœur plutôt qu'il ne le faisait battre. Mais la cuisinière, elle, représentait assez bien le type avenant de ces vigoureuses célibataires, à la poitrine bombée par une indistincte protubérance, qui dans les villages s'employaient à aider les mères de famille et finissaient par jouer auprès des enfants le rôle de substitut maternel, de sorte que les plus jeunes des pensionnaires, ceux qui venaient d'être arrachés au nid rural, tournaient d'abord du côté des cuisines, avec un regard de poussin perdu.

Le seul objet qui s'offrait là à leur frustration, la massive cuisinière, n'était pas une montagne de tendresse, mais un modèle d'efficacité, et surtout une présence rassurante à certains moments. Ces moments étaient plus fréquents en hiver parce que la cuisinière, à cette saison, apportait plus souvent des tisanes personnelles au privilégié qui occupait le lit de l'infirmerie, mais surtout parce que, tous les soirs, elle présidait à la distribution générale d'eau chaude pour remplir les bouillottes que nous emportions dans les dortoirs dépourvus de tout chauffage.

Grelottants et joyeux, nous formions alors à la porte de la cuisine une file d'attente qui serpentait dans l'escalier. La bouillotte en caoutchouc n'avait pas encore été inventée. Les nôtres étaient en général métalliques, enveloppées d'un chiffon à travers lequel filtrait non seulement la bonne chaleur dispensée par des mains féminines, mais aussi l'odeur rude du vieux cuivre, modeste trésor des familles, que nous placions au fond de notre lit glacé, et sur lequel, avant de nous endormir, nous reprenions pied comme Antée sur la Terre-Mère.

Au bas de l'escalier, là où nous attendions l'heure de l'eau chaude, des repas, ou du goûter, nous nous agglutinions sur un plan oblique : pendant quelques instants, notre étagement à des hauteurs diverses sur les marches, qu'il soit dû au hasard ou à d'obscures préséances, paraissait changer la taille des uns et des autres. Un petit pouvait dépasser un grand ou se trouver au contraire plus petit que jamais. Ainsi l'escalier, symbole qui matérialise dans la pierre la notion de hiérarchie, créait-il parfois une éphémère perturbation de cette dernière.

Mais existait-il vraiment entre nous une hiérarchie fondée sur la stature, la force, ou l'ancienneté ? Je n'en ai pas gardé de souvenir significatif, en dehors des plaisanteries d'usage sur ce thème.

Plus sérieux étaient les flagrants abus de pouvoir qu'exerçaient deux de nos surveillants, l'un à table, l'autre au dortoir, selon leurs pulsions respectives.

Le pacha du réfectoire était G., le plus ancien des surveillants. Sa devise, « le jambon, c'est bon », est, du moins, la seule phrase de lui dont je me souvienne, bien qu'il eût d'autres sujets de conversation, comme le vin rouge ou les tartines de beurre.

Aphorisme péremptoire qui s'accordait avec la couleur de son teint, d'un rouge très affirmé au naturel, mais tournant au parme lorsqu'il évoquait la cuisine auvergnate. Il émettait alors un gloussement, dû sans doute à un brusque afflux de salive qui l'étranglait un peu, et ses petits yeux enfoncés, ordinairement peu visibles sous le béret en visière, disparaissaient tout à fait entre les plis de ses paupières – ô communion des vieilles dévotes.

Ce mysticisme tournait à l'action lorsque l'on passait à table pour le petit-déjeuner. Comme nous n'avions pas beaucoup de temps, ce bon garçon avait trouvé un moyen pour tout le consacrer à l'ingestion des tartines : il plaçait à côté de lui son souffre-douleur attitré, le petit S., avec mission de lui beurrer des tartines à mesure qu'il les engloutirait. Pour suivre le rythme, le malheureux préposé aux tartines devait arriver à table à l'avance, en préparer une belle pile, et négliger totalement les siennes jusqu'à la fin du petit-déjeuner.

Ce qui me fascinait, au cours de cet office du matin, c'étaient moins les performances de G. que le spectacle de ses bajoues, parce qu'elles étaient secouées de spasmes semblables à ceux que j'avais souvent observés chez les cochons de mon enfance, quand mon père leur donnait la pâtée, ou quand mon oncle les égorgeait sur son banc de charcutier.

Au dortoir, la tyrannie était le fait d'un autre surveillant, D., au teint de vieille noisette creuse, qui se prévalait, lui, des facilités du pouvoir pour attirer dans son lit les jeunes pensionnaires. Soyons juste, je me souviens d'un seul, remarquable par ses airs de favorite heureuse quand son seigneur et maître laissait échapper une allusion cynique.

Que je vienne du réfectoire, du « tournoir » ou du hall d'entrée, le grand escalier prenait possession de moi, et, encore aujourd'hui, il structure mon souvenir, l'emprisonne dans un réseau de perspectives, non point fermées comme celles que toute cage d'escalier doit imposer aux claustrophobes, mais ouvertes vers la gauche, la droite, le haut et le bas, comme ces gravures que Piranèse appelle ses « prisons fantastiques » (*carceri d'invenzione*) et qui sont en fait un canevas spatial sur lequel s'ordonne son imagination : escaliers qui viennent de partout et partent dans tous les sens, montent du fond de vagues enfers et se perdent dans une clarté brumeuse, et sur les marches desquels on croise d'énigmatiques groupes de fantômes.

Pour faire circuler mes propres personnages, j'ai besoin d'un échafaudage à la fois mental et concret, dont je trouve le modèle dans les frénétiques et illusoires « prisons » de Piranèse, et dans d'autres systèmes d'armature plus humbles, tels que les assemblages ingénieux bricolés par les maçons autour d'une maison à restaurer, ou les complexes accumulations de tubulures multicolores et de blocs préfabriqués qui, sur un chantier d'autoroute, annoncent un « ouvrage d'art » en construction.

Mon escalier est un intermédiaire entre le pur échafaudage, préalable à l'écriture, du haut duquel je recrépis mes souvenirs – et la cage même de l'écriture en colimaçon, qui reste projetée sur le papier. J'y reviens sans cesse. En ce moment, c'est pour y pousser, non sans un certain sadisme, les plus caricaturaux de nos surveillants. Eux qui dirigeaient ou interdisaient les mouvements collectifs ou individuels de la docile troupe collégienne, je vais les arracher aux délices du réfectoire, les envoyer au lit, je les prive de cinéma, je les oblige à se cailler de froid dans la cour et, suprême satisfaction, je les autorise à aller aux W.C.

D., le surveillant libidineux bilieux, je l'expédie vers son territoire nocturne, vers le sérail de ses rêves, le dortoir du premier palier. Je l'ai vu fixer son œil jaune sur le petit B. qui balbutiait de ses lèvres luisantes quelques paroles d'adulation. Je l'ai entendu ordonner à haute voix, dans l'obscurité, à travers le rideau qui sépare du dortoir sa cabine de surveillant : « Allez, vite,

rien que pour mettre ma queue entre tes cuisses… »
Sans réplique. Le patron, c'était lui, qui distribuait les
colles et les faisait « sauter » ; lui, qui donnait la corvée
de chiottes à qui bon lui semblait ; lui, qui décidait que
nous irions tous en rang voir le match contre l'A.S.M.,
même si ça ne plaisait pas à ce binoclard antisportif que
j'étais à ses yeux.

Un jeudi, nous nous opposâmes tranquillement,
mon frère et moi, à passer l'après-midi sur les gradins
du stade. Il crut se venger en emmenant toute la troupe
en promenade forcée sur la route de Vic-sur-Cère. À la
fin, il pleuvait, mais nous riions sous les rafales froides,
heureux de n'avoir pas cédé, et de faire trotter le sportif
qui avait voulu nous faire trotter, et qui essayait de
prendre sa revanche en nous aiguillonnant avec de
venimeux commentaires. Il y eut un moment où il me
dévisagea longuement pour me dire : « Ici, les ballons
de rugby, tu les réquisitionnes entre tes lunettes. »

J'ai oublié tout le reste, mais j'entends encore
siffler entre les lèvres minces de notre tortionnaire cette

laborieuse plaisanterie. L'érosion du temps laisse intacte telle ou telle petite phrase absurde, comme le dur caillou qui chapeaute une colonne géologique dans le phénomène naturel qu'on appelle « cheminée de sorcières ». Le contexte a disparu, en dehors d'un faible pédoncule.

Sur la foi de ce vestige isolé, j'ai longtemps étiqueté « ennemi personnel » le malheureux surveillant, sans me douter que les années anéantiraient mon jugement puéril, et que j'en viendrais à voir dans ces escarmouches sans gloire une sorte de complicité affective. Après tout, une même obsession du ballon ovale existait chez nous deux, mais avec des signes contraires. Pour moi, qui me croyais ennemi du rugby, elle offrait l'occasion d'affirmer un anti-conformisme d'adolescent ; pour lui, elle n'était pas vraiment la manifestation sérieuse d'un prosélytisme sportif, mais un moyen d'exercer le pouvoir répressif du petit chef. Il l'exprimait avec le matériau métaphorique approximatif dont il disposait, ce qui composait une caricature de moi se réduisant de façon très elliptique à l'ovale de mon nez entre les deux ronds de mes lunettes.

Aujourd'hui, d'ailleurs, je ne crois même plus qu'il ait voulu déclarer son aversion pour la partie visée de mon anatomie. Il se conformait à un schéma de langage que nous connaissons tous, et qui nous fait glisser par une cascade de métonymies de « je le déteste » à « je déteste sa tête » puis à « je déteste son nez ». Pure mécanique verbale animée par la colère.

Si cette phrase a laissé trace en moi, alors que son auteur l'a certainement oubliée, c'est parce que, sur le coup, j'ai dû me sentir atteint en un point de ma personne dont j'aurais aujourd'hui oublié la sensibilité s'il n'y avait pas eu cet incident verbal. Or l'enquête sur moi-même, à laquelle semblable indice m'invite à l'instant où j'écris ces lignes, me révèle deux faits : la couleur de mon nez était assez sensible à la météo, comme chez les sujets promis aux désordres circulatoires et, d'autre part, les lunettes rondes que je portais alors me paraissaient très démodées, ce qui accentuait mon complexe de « binoclard », et surtout étaient trop petites, ce qui grossissait d'autant les proportions de l'appendice incriminé.

Bref ladite insulte, conservée en son charabia d'origine, m'aide à reconstituer mon autoportrait, ce dont je ne peux que savoir gré à l'insultant.

En ce qui concerne son portrait à lui, il m'apparaît seulement aujourd'hui que cette phrase forme pendant avec celle que je l'ai entendu adresser au petit B. à travers le rideau de sa cabine, au dortoir. Queue et cuisses d'une part, nez et lunettes de l'autre, s'intègrent – Dieu me pardonne – dans des structures symétriques, que je suis incapable de traduire en termes de psychanalyse, mais qui exercent sur moi une fascination rétrospective d'autant plus vive que je n'arrive pas à démêler si ces deux phrases expriment le subconscient de celui qui les a dites, ou de celui qui les a retenues à l'exclusion de toute autre. La psychanalyse retombe toujours sur le nez du psychanalyste.

Elle me fait même ici un pied-de-nez, et me conduit – par le bout du nez bien sûr – dans les vertes prairies du langage, où je m'ébats et me débats comme je peux, entre ce malheureux qui prenait son pied avec les pensionnaires confiés à sa garde, et moi qui dribble maintenant avec mon nez.

La parole est jeu sous le « je » et sur le « je ». La regarder fonctionner dans notre écriture d'adulte nous permet de dédramatiser notre adolescence. Car, vrai, on est trop sérieux quand on a dix-sept ans.

Trop sérieux, tout au moins, dans la contemplation de son nez, substitut ici du classique nombril.

Je mesure aujourd'hui combien cette introversion détournait sur ma personne une grande part de l'attention que j'aurais dû porter au monde des années 1939-40-41, lequel offrait une actualité assez dramatique pour accrocher l'intérêt de l'adolescent le plus dépourvu de conscience politique.

La guerre était là, mais je la rattache mal à ma petite histoire de petit pensionnaire, encagé dans son dérisoire escalier scolaire beaucoup plus qu'engagé dans le tourbillon des événements.

Était-ce aussi parce que je me trouvais tout au fond de la France profonde, dans ces abysses faussement tranquilles de la province, où les clameurs de la surface ne parviennent que sous forme de tintements énigmatiques, pareils à ceux qui frappent le tympan du plongeur enivré de lui-même ?

Plongeur d'eau douce, dormeur des limbes de l'enfance, remonte au jour et regarde : à la rentrée de 1939, je t'apporte la preuve que la guerre est bien là puisque les professeurs sont mobilisés et remplacés par des dames. Ce qui marquait pour nous cet automne-là, ce n'était pas le fait que la France s'enlisât dans la « drôle de guerre », c'était, dans les collèges de garçons jusqu'alors réservés à un personnel enseignant masculin, la métamorphose sexuelle qui affectait le corps enseignant, et qui ne comportait, à nos yeux, rien de désagréable.

Au plus fort de la catastrophe nationale, nous étions anesthésiés par la propagande cocardière qui trouvait un terrain propice en la niaiserie de nos préoccupations quotidiennes. Autrement, comment s'expliquer que j'aie pu, un jour de juin 1940, pendant la promenade obligatoire qui suivait le repas de midi, sous ce célèbre soleil de notre défaite, entraîné que j'étais par une hystérie de groupe se nourrissant de communiqués radiophoniques, me sentir sincèrement partagé entre la conviction « que nous vaincrions parce que nous étions les plus forts » et la pitié envers « ce fou d'Hitler qui conduisait les Allemands à leur perte » ?

Cette inconscience, chaque fois que je l'ai remémorée, m'a longtemps navré, moins à cause de la naïveté imputable à mes seize ans – semblable après tout à celle de beaucoup d'adultes – que parce que le seul « souvenir de défaite » qui me soit resté, c'est ce moment d'attendrissement nerveux au cours d'une promenade digestive.

Le seul souvenir précis. Car il en est un second, tout embrumé d'oubli, et qui résiste comme un rêve à mes efforts de reconstitution.

Cela se passe dans les mêmes jours, un peu plus tard peut-être, pendant l'exode. Notre collège hébergeait sans doute des jeunes gens de passage, des jeunes gens à peine plus âgés que nous mais qui étaient en train de traverser la France du Nord au Sud (bravement ? Bravement) alors que nous autres ne nous préoccupions – comme Sancho Panza – que de nos caisses à provisions. Leur itinéraire et le nôtre se croisaient au bas du grand escalier, lieu devenu presque mythique pour moi, entre le réfectoire et le « trou noir ».

Je suis sûr qu'en ma présence l'un d'eux s'est arrêté là une nuit, glissant en confidence à l'un des surveillants : « J'ai envie de passer par l'Espagne, je vais en Afrique, tu sais, pour continuer là-bas. Vous venez avec nous ? » Je ne me souviens ni de ses traits, ni du son de sa voix, mais très bien de son sourire, et de la marche de l'escalier sur laquelle il se tenait, en balançant un pied. Il semblait hésiter encore : partir ? rester ? Il se trouvait à quelque croisée de chemins qui rendait tout à coup dérisoires nos petits carrefours quotidiens.

De cette marche de l'escalier, je saute à cloche-pied par-dessus les vacances de l'été 40, et me retrouve un froid matin d'octobre. C'est le petit-déjeuner. Je bondis clandestinement chez le boulanger voisin, j'achète un « longuet », petit pain de la taille d'un cigare, le seul qui soit vendu hors rationnement, et je retourne vite au réfectoire pour y terminer mon bol de café au lait. L'orgueil de commettre ainsi une entorse au règlement, comme un grand qui en est à sa cinquième année de pension, est tempéré en moi par l'ironique certitude que l'administration du collège ferme les yeux avec intelligence sur mon expédition matinale.

Rien de catastrophique ne semblait s'être passé depuis juin. La présence des professeurs hommes, maintenant démobilisés, constituait même un rassurant retour à la normale. Je suivais sans états d'âme le chemin convenu de mes études, qui devait me conduire en fin d'année au concours d'entrée à l'École Normale, ce dernier mot se chargeant pour moi d'une délicieuse ambiguïté.

Ce retour automnal à la normale me cachait – je ne l'ai vu qu'après – l'historique retour à la norme autoritaire qui caractérisait le nouveau régime politique. La suppression des Écoles Normales me paraissait une innocente suppression administrative, nullement un sacrilège comme elle devait l'être aux yeux de nos maîtres, lesquels néanmoins ne jugèrent pas nécessaire de nous éclairer sur ces Écoles Normales qui focalisaient la colère de Pétain comme un chiffre rouge, mais nous laissaient plutôt indifférents. Nous savions bien que, même sans École Normale, nous suivrions le tracé d'orientation scolaire depuis longtemps fixé par ces mêmes maîtres, et qui devait nous conduire de l'enseignement primaire à l'enseignement primaire, en dépit de l'incursion de trois ans dans les Lycées que nous ordonnait maintenant le Maréchal. Nous naviguions mollement en pilotage automatique, sans ouvrir les yeux sur des signes qui me paraissent aujourd'hui très clairs. Les symptômes, par exemple, de l'« empoisonnement par antisémitisme ».

Attention, me dis-je ici, parano ? Lorsque j'écris ces lignes, en 1994, la lumière a été faite depuis longtemps sur le brave petit antisémitisme franchouillard qui courait comme il pouvait, avec ses courtes jambes, derrière les élégants héros nazis, les précédant quelquefois un peu en matière de théorie, d'hystérie ou de morale meurtrière (« Ayez la bonté, MM. les Allemands, de laisser les enfants juifs accompagner leurs parents en déportation »). Je n'ai pas à faire remonter, du fond de l'oubli visqueux qui a longtemps submergé la mémoire collective des années noires, quelques souvenirs qui hurlent. Seulement deux ou trois détails de mon curriculum scolaire 1940-41, qui s'éclairent pour moi rétrospectivement d'une pâle lueur de four crématoire.

Le concours de recrutement des élèves-maîtres comportait à l'oral une épreuve dite de « morale ». Le sujet que j'eus à développer se réduisait à un mot : « Le cosmopolitisme ». Je le traitai de façon naïve en partant de l'étymologie, que je ne connaissais pas bien, et dans l'ignorance totale des connotations politiques qu'impliquait ce terme, et qui le faisaient employer à cette époque dans la presse antisémite et patriotarde pour stigmatiser les méchants apatrides ou internationalistes dont il fallait purger la société.

Mes deux examinateurs m'écoutèrent avec bienveillance et curiosité, m'encourageant, pour me détendre, à partager avec eux une assiette de cerises, cueillies dans les vergers républicains de l'ex-École Normale, dans les locaux desquels avaient lieu les épreuves.

Cette atmosphère bon enfant me laisse supposer qu'ils n'étaient pas les inventeurs du sujet, mais qu'ils se contentaient d'appliquer les instructions que leur imposait une administration bien-pensante, et dont ils pouvaient seulement atténuer la nocivité à l'aide de beaucoup de gentillesse et de quelques cerises, peut-être même communardes, allez savoir.

Je me suis souvent demandé, surtout au cours de ces dernières années, quel pouvait être, à tel ou tel niveau de l'administration, l'enfant de salaud qui avait glissé là ce peu innocent sujet pour mieux sonder les reins des jeunes candidats. Mais, à l'époque, je ne me suis pas posé cette question, pas plus que je ne m'en étais posé, quelques mois avant, lors de la constitution du dossier de candidature, devant les curieux paragraphes qui concernaient la qualité raciale des ascendants familiaux.

On pouvait lire sur ce document : « Y a-t-il des juifs parmi vos quatre grands-parents ? Combien ? »

Je ne sais plus si c'était à partir d'un seul, de deux ou de trois que la clause d'exclusion frappait notre candidature, en application des décrets pétainistes tout neufs sur la purification du corps enseignant.

Pour remplir la notice d'inscription, le directeur du collège, Monsieur C., nous avait fort sagement réunis. Quand nous arrivâmes à la rubrique inquisitoriale, il marqua un temps d'arrêt, et remonta plusieurs fois de suite ses lunettes du bout de l'index, tout en s'éclaircissant le pharynx à petits coups, ce qui était chez lui le signe ordinaire de l'embarras. Il me semble que cela provoqua un frisson amusé dans la classe. Mais je n'ai jamais su ce que pensaient mes camarades, car nous ne parlâmes jamais entre nous de ce détail de la notice, comme s'il était tabou.

En ce qui me concerne, je me souviens que je trouvais saugrenu de faire dire à mon père (qui allait devoir signer cette déclaration) que ses parents et beaux-parents n'étaient pas juifs, alors qu'il ne savait pas plus que moi – ou ne voulait pas savoir – ce qu'on entendait par juif. Le pauvre directeur murmura quelque chose comme « passons… », avec un haussement d'épaules, et une petite grimace au-dessus de sa moustache carrée.

Que pouvait-il faire d'autre (et de mieux, après tout) ? La mesure devant laquelle il s'inclinait et faisait s'incliner nos parents était infamante, certes, pour ses promoteurs et pour toute la chaîne de fonctionnaires qui la transmettaient les yeux fermés. Mais elle devenait en fin de course, au fond du Cantal, plus ridicule encore qu'infamante. Si Monsieur C. – haute valeur morale à nos yeux – avait dirigé un Cours Complémentaire dans le quartier parisien du Sentier, il aurait été, je le suppose, plus sensible à l'infamie qu'au ridicule. Mais le ridicule reprenait l'avantage à partir du moment où la sinistre question de la *limpieza de sangre*, mesurée en quartiers de noblesse aryenne, était comprise de la manière suivante par les paysannes de la Châtaigneraie qui « présentaient leur enfant à l'École Normale » : vos parents et beaux-parents sont-ils de ceux qui ont « crucifié le Petit Jésus » ?

Je suis effrayé aujourd'hui par le phénomène de dissémination insidieuse que représente la diffusion de cette mesure discriminatoire dans la couche sociale où se recrutaient les candidats aux Écoles Normales, et qui était constituée de paysans, d'ouvriers, de petits fonctionnaires et de petits commerçants. En admettant qu'il y ait eu plus d'une centaine de candidats par département, cela totalise au moins dix mille familles françaises qui, en 1941, ont rempli et signé cette déclaration.

À l'époque, récente, où les historiens se sont intéressés à l'antisémitisme vichyssois, j'aurais aimé qu'ils fouillent dans les archives ministérielles pour rechercher ce qui pourrait rester de ces humbles notices empoisonnées, pour observer si la formulation avait évolué au cours des années 1942-43-44, s'il y avait un certain pourcentage de Français qui « avouaient » un quart de sang ou un demi-sang juif, si quelques-uns avaient poussé la provocation jusqu'à dire « je le suis aux quatre quarts, je sais que cela interdit d'être

instituteur, mais je pose quand même ma candidature »,
ou si la réponse en chœur des familles françaises avait
été à l'unisson : « Aucun des quatre grands-parents de
notre petit chat n'est juif, Dieu merci. » Ce qui pourrait
aussi s'interpréter, espérons-le, dans le meilleur des cas,
comme une sorte d'insolence : « Nous sommes tous de
bons Français, Monsieur le Maréchal, regardez bien
notre cul. »

Mais les historiens, les juges, les chasseurs de
criminels de guerre, et les médias, ont longtemps
répugné à se plonger dans l'antisémitisme administratif
plus ou moins dilué, autant que dans l'antisémitisme
passif des foules silencieuses qui laissent fonctionner la
machine à broyer les juifs pourvu qu'elle ne fasse pas
trop de bruit et ne vienne pas troubler la tranquillité des
campagnes.

Notre directeur soupira donc, passa, saupoudra la
chose de sciure. Mais dans les jours qui suivirent il nous
fit apprendre en « récitation » un texte innocemment

intitulé *La mort du colporteur*, qu'il était allé chercher dans *Jocelyn*. On y voit le héros de Lamartine, devenu curé de village, faire front à une manifestation antisémite de ses paroissiens.

Le directeur nous déclamait ces alexandrins pompiers avec une belle conviction, forçait sur le mélo, et jouait même du trémolo à la fin, en ralentissant emphatiquement le débit. Tout cela m'est resté dans l'oreille, rejoignant ces tirades ou ces rengaines populaires apprises dans l'enfance, et qui sont si utiles au volant pour lutter contre le sommeil.

Mais il ne nous donna pas beaucoup d'explications, ni littérales comme l'auraient exigé les vers les plus cahoteux (« Aux crevasses du roc… la croix ne doit point d'ombre à celui qui la nie, et ce n'est qu'à nos os que la terre est bénie… »), ni sur le fait inquiétant que c'est l'artisan le plus prestigieux du village, le forgeron, qui fait fonction de leader antisémite, ni sur le statut social du juif colporteur, digne pourtant d'intérêt pour nous, petits Auvergnats qui ne savions pas qu'à l'époque des faits rapportés, en 1800, nos ancêtres du Cantal vivaient du colportage en Espagne, et avaient donc été là-bas les « juifs » des Espagnols, les petits commerçants errants venus de l'étranger, aussi nécessaires à l'économie rurale qu'à l'exercice d'une xénophobie cocardière.

On sentait bien que le rôle du curé était fait sur mesure pour ce bon maître de la Troisième République formé depuis longtemps aux petits prêches laïques qu'étaient souvent les leçons de morale. Sans vain souci littéraire, il nous lançait cette bonne parole, persuadé qu'elle nous armait contre l'intolérance ambiante et, peut-être, qu'elle aurait des échos jusqu'au fond des chaumières.

Ses bonnes intentions étaient si évidentes qu'aujourd'hui encore, je me sens paralysé par le respect quand je porte un regard critique sur la malheureuse « récitation ».

Et pourtant qui ne voit que si le pauvre colporteur excite la charité du curé Lamartine, c'est sous forme de juif mort plus que de juif vivant ; que le spectaculaire happening final, où les planches de lit se métamorphosent évangéliquement en planches de cercueil, n'exige du saint homme qu'un héroïsme très relatif ; que les vers risquant d'avoir le plus grand impact sur les mémoires (je l'ai constaté pour moi) sont ceux que prononce le méchant, le forgeron, au début de ses sonores âneries : « C'est un juif, disait-il, venu je ne sais d'où, / Un ennemi du Dieu que notre terre adore, / Et qui, s'il revenait, l'outragerait encore. »

Je percevais aussi un déphasage entre ce juif du maréchal-ferrant et celui de notre Maréchal régnant : la propagande antisémite, en 1941, ne mettait pas l'accent sur la religion des juifs, mais sur leur « cosmopolitisme », leur collusion avec les « ploutocrates anglo-américains » et, bien sûr, leur prétendue identité anthropométrique.

C'était viser tout à fait à côté de la cible, que de faire appel à notre généreuse tolérance au moment où des expositions bien orchestrées déployaient des panneaux pédagogiques pour apprendre aux bons Français comment on reconnaissait un juif dans la rue.

Nous ignorions, certes, l'existence de telles expositions, qui affectèrent surtout la zone occupée, mais nous avions sous les yeux les caricatures de la presse dite humoristique, et surtout nous étions à la portée de la propagande cinématographique nazie. Le film intitulé *Le juif Suss* est passé dans les salles d'Aurillac cette année-là.

Tout le monde allait le voir. J'ose espérer que les collégiens n'y sont pas allés en groupe, un jeudi de pluie, avec la bénédiction des responsables, mais je n'en suis pas sûr. Je me souviens par contre avec exactitude du commentaire que m'a fait un matin, dans l'escalier, notre surveillant S. : « T'as pas vu *Le juif Suss* ? C'est un film formidable ! Putain, quand tu sors de là, con, si tu trouves un juif dans la rue, t'as envie de l'étriper ! » Il savait donc, lui, sans qu'on lui fasse un dessin, « reconnaître un juif dans la rue ». Il savait, lui, que ses grands-parents n'étaient pas apparemment juifs. Il savait, lui, que ce qui fait le juif, ce n'est pas la religion (« eh, con ! »), et que le formulaire à remplir pour notre candidature au concours était une déclaration de caractère racial.

Racial et racisme sont des mots qui ne me sont parvenus que plusieurs années après, à mesure que la pensée antiraciste prenait de l'ampleur dans le monde. Ce sont des termes qui m'ont manqué au moment où ils m'auraient permis de lire entre les lignes d'un formulaire ou de déceler la portée d'un hypocrite petit examen oral.

Ils existaient bien, pourtant. Ils attendaient dehors, à l'air libre, que je les rejoigne et que je revisite en leur compagnie l'escalier vide du vieux Cours Complémentaire de la rue de Lacoste. L'immeuble est maintenant divisé en appartements privés, desservis par l'escalier inchangé. Et le grand axe essentiel qui conduisait du porche de la rue Lacoste à la cour du haut a été prolongé au-delà du jardin, afin d'aménager une voie de sortie vers le quartier voisin.

L'escalier sur lequel j'ai piétiné cinq ans est devenu un passage public. La cour du haut, longtemps restée sans autre issue que le ciel, a été désenclavée, comme je me désenclave moi-même à mesure que j'écris, urbaniste de mes propres espaces, sombres ou clairs. Je découvre aujourd'hui, alors que je l'ai toujours su, que la voie sur laquelle débouche la percée est une avenue qui monte d'une part au Château de Saint-Étienne, où l'École Normale a été reconstruite sur place après la crise pétainiste, et d'autre part au cimetière d'Aurillac.

Ad libitum : cimetière ou École Normale. Je ne me le fais pas dire ! L'écriture, facétieuse, me mène encore une fois à des précipices que j'ai côtoyés jadis sans avoir le vertige parce que je ne les voyais pas.

J'ai suivi sans problèmes l'itinéraire scolaire qui me conduisait à la fonction enseignante. Jamais de choix à faire, à partir du jour où l'instituteur m'avait inscrit au concours des « Bourses de l'Enseignement Primaire » et non à celui des « Bourses de l'Enseignement Secondaire ». L'École Normale était le couronnement des Bourses, elle garantissait des études complètement gratuites, lesquelles pourraient même se poursuivre, si l'on était sage, dans la lointaine et fabuleuse Thélème de Saint-Cloud, où j'allais aboutir. Le cursus, pour nous, c'était la Bourse, tout bonnement. La Bourse ou ma Vie. La Bourse ou la Mort. L'École Normale ou rien.

C'est ce que j'aurais dû répondre, le 11 novembre 1941, à l'Inspecteur d'académie. Celui-ci, après la réunion patriotique de la nouvelle promotion devant le monument aux morts, et en présence des officiels, crut bien faire en me demandant solennellement pourquoi je voulais devenir instituteur. Éperdu de timidité devant cet

aréopage, je balbutiai seulement que je ne savais pas
« mais qu'en tout cas ce n'était pas par vocation ».

La suprême autorité académique du département
sauva sans doute la situation en enchaînant sur un autre
sujet. C'est seulement le lendemain, et par l'intermédiaire du proviseur, que je pus décrire avec la sérénité
requise le très simple cheminement par lequel les
enfants de facteurs deviennent instituteurs. Non par
vocation de « hussard noir », mais plutôt sur
intervention de la laïque Providence.

Je n'ai jamais regretté d'avoir mal dit, ou de
n'avoir pas assez dit, cette fois-là pas plus que d'autres.
Si l'on a parlé ou si l'on s'est tu, c'est qu'on avait ses
raisons, comme de faire ou de ne pas faire.

Ce sont parfois sottes raisons d'adolescent, mais
je les en respecte davantage, et avec une certaine
tendresse.

Dans le fond, curieux d'éclairer ces bribes des
années de collège par mon expérience ultérieure, et de

les explorer par l'écriture, attentif *a lo que salga* (à ce qui se présentera), je donnerai toujours raison à Éric (ou Stéphane, ou Thierry, je ne sais plus…), élève du cours élémentaire dans les années 1970, et plutôt cancre au dire de l'instituteur. C'était l'époque où nous expérimentions l'initiation à l'espagnol dans l'enseignement primaire, à grand renfort d'audio-visuel artisanal. Un jour donc, ce jeune penseur m'a confié au cours d'une conversation de couloir : « Vous savez, j'aime bien quand *on fait* des paroles d'aujourd'hui sur des images d'hier. »

Notice biographique

Né en 1924 à Marcolès (Cantal), bourg fortifié pittoresque aujourd'hui bien connu des touristes, Albert Cazal était le fils d'un facteur et d'une modeste épicière de village.

Ancien élève de l'École normale supérieure de Saint-Cloud, professeur agrégé d'espagnol avant de devenir inspecteur pédagogique régional de l'Éducation nationale, il s'installa pour sa retraite à Montluçon, lieu d'origine de sa femme.

De fréquents séjours solitaires dans son village natal, dans une antique maison blottie au cœur des remparts du XVIe siècle, l'incitèrent à retrouver les étapes de son passé.

Vingt ans après sa mort, survenue en 1998, sa fille Françoise Cazal, hispaniste, professeur émérite à l'Université Toulouse-Jean Jaurès, édite ce texte tout récemment retrouvé, où la petite histoire rejoint la grande.